Llyfr

_____

yw hwn

I Max a Mason

Cyhoeddwyd yn Gymraeg yn 2013
gan Wasg y Dref Wen Cyf.
28 Heol yr Eglwys, Yr Eglwys Newydd, Caerdydd CF14 2EA.
Testun a lluniau © Salina Yoon 2012
Y cyhoeddiad Cymraeg © 2013 Dref Wen Cyf.
Mae Salina Yoon wedi datgan ei hawl i gael ei chydnabod fel awdur a darlunydd
y gwaith hwn yn unol â Deddf Hawlfraint, Dyluniadau a Phatentau 1988.

Cyhoeddwyd gyntaf fel *Penguin on Holiday*
gan Bloomsbury Publishing PLC 50 Bedford Square, Llundain WC1B 3DP
Cyhoeddwyd yn Gymraeg 2013 gan Wasg y Dref Wen Cyf.,
28 Ffordd yr Eglwys, Yr Eglwys Newydd,
Caerdydd CF14 2EA.

Argraffwyd yn China.

Pengwin ar ei Wyliau

Salina Yoon
Addasiad gan Elin Meek

DREF WEN

'Mae angen gwyliau arna i,' ochneidiodd Pengwin.

Roedd Pengwin
wedi *sgïo*,

mynd ar *sled*,

a *sglefrio* ar ei wyliau o'r blaen.

Roedd e eisiau mynd i rywle gwahanol.

Rhywle ...

'Dyna ni! Fe af i ar
fy ngwyliau i'r traeth!'
meddai Pengwin.

Paciodd Pengwin ei fag
a mynd am y gogledd.

Aeth y tonnau'n fwy ac yn fwy.

Aeth yr haul yn boethach ac yn boethach.

O'r diwedd, cyrhaeddodd Pengwin y traeth.

Cafodd Pengwin syndod mawr.

Doedd y traeth
ddim yn debyg
i'w gartref oer.

Dysgodd Pengwin rai pethau.

Fedri di ddim *sgïo* ar dywod.

Fedri di ddim mynd ar sled ar dywod.

Ac yn bendant, fedri di ddim *sglefrio* ar dywod.

'Wyt ti ar goll?' gofynnodd
Cranc.

'Nac ydw, dwi ar fy
ngwyliau,' meddai Pengwin.

'Wel, dere gyda fi!' meddai Cranc.

Dangosodd Cranc i Pengwin
sut mae cael hwyl ar y traeth.

Castell
tywod

Aeth Pengwin a Cranc i chwarae ...

a chwarae ...

a chwarae.

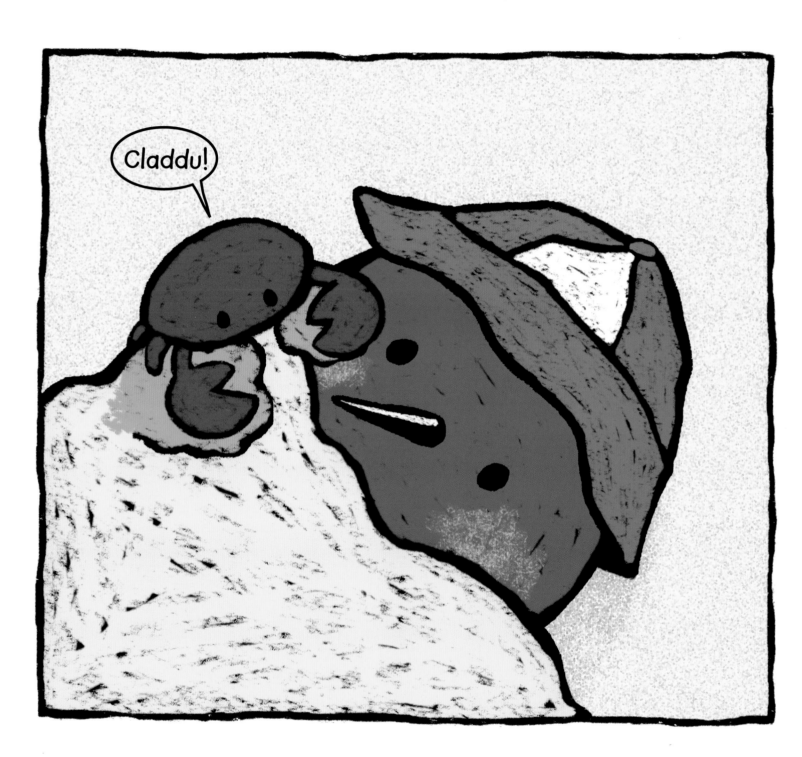

Roedd Pengwin wrth ei fodd gyda'i ffrind newydd.

Ond mae pob gwyliau'n dod i ben.

Roedd hi'n bryd i Pengwin fynd adref.

Roedd y daith yn hir ac yn dawel,

ond yn sydyn, symudodd rhywbeth yn y dŵr.

'Cranc? Beth wyt ti'n wneud yma?'

'Dwi eisiau gwyliau hefyd!' meddai Cranc.

O'r diwedd, cyrhaeddodd Pengwin a Cranc y lan.

Buon nhw'n nofio a nofio.

Buon nhw'n llithro a gwthio.

Buon nhw'n pysgota a segura.

Ond mae pob gwyliau'n dod i ben. Aeth Cranc am adref ...

a gadael ar ei hôl ...

... sŵn y traeth.

'Fe ddof i 'nôl,' ysgrifennodd Cranc.

Felly arhosodd Pengwin.

Ac un diwrnod,
daeth Cranc 'nôl!

Amser Llyfr
www.booktime.org.uk

Cynhyrchwyd y llyfr hwn ar gyfer Amser Llyfr, rhan o raglen Pori Drwy Stori. Rhaglen newydd i blant sy'n dechrau mynd i'r ysgol yng Nghymru yw Pori Drwy Stori.

Nod Pori Drwy Stori yw ysbrydoli cariad at lyfrau, straeon a rhigymau drwy roi llyfrau ac adnoddau am ddim i blant rhwng 4 a 5 oed. Mae bod yn rhan o ddysg eich plentyn yn rhan bwysig o'r Cyfnod Sylfaen ac mae'n ei helpu i ddatblygu'n ddysgwr gydol oes.

Caiff Pori Drwy Stori ei rheoli gan Booktrust Cymru a'i hariannu gan Lywodraeth Cymru.

www.poridrwystori.org.uk
www.drefwen.com

Pori Drwy Stori

To view the English text for this book and for further ideas and activities please see the website: **www.poridrwystori.org.uk**